77137

桂岩先生墓碣

山人蔡羽撰

先生姓蔡氏名晏字惟靖西洞庭消夏灣人也爲人愿率無他玩好獨嗜古博學以行自勵不由師傳而自得於經術爲詩文亦贍有古意謂今世無隱德德君子吾豈信哉包山在具區諸峯尤邃而僻多隱逸遠不可述自寶佑至今則稱俞石澗惟靖去石澗二百年修拙養德乃不在石澗下惟靖固隱德君子也俗好商先生亦商拙於商雖商無所得歸携古琴一張曰奇貨也一鄉群笑之不爲動於是鄉人稍稍悟相率就門下有所作惟惟靖聽爲鄉教授三十餘年鄉

教授治人禮樂悉去浮習解人爭若不及故其俗朴略少爭競然終其身未嘗出謁樞要雖終其身不謁樞要人知先生矣初與慈谿王伯原倡和晚交秦璠詩再變所著有腐光集嘗築岩植樹人稱桂岩先生又號希全翁厥世始祖維孟十二傳爲智一智一生常二常二配屠孺人生先生爲宣德乙夘其卒以正德辛未享年七十七元配鄭氏早卒繼秦氏亦先卒子一人曰和字天倪天倪多材藝亦授徒承父長厚濟以鯁介浮薄益不能橈希全曰濟物自布衣惟醫化俗莫如樂蔡子璠今儒醫汝往受醫蔡子元静琴得古指法汝往受琴天倪由是自斵絲桐因教授行之晨興操縵之聲達千里門一時風俗雅厚父子之

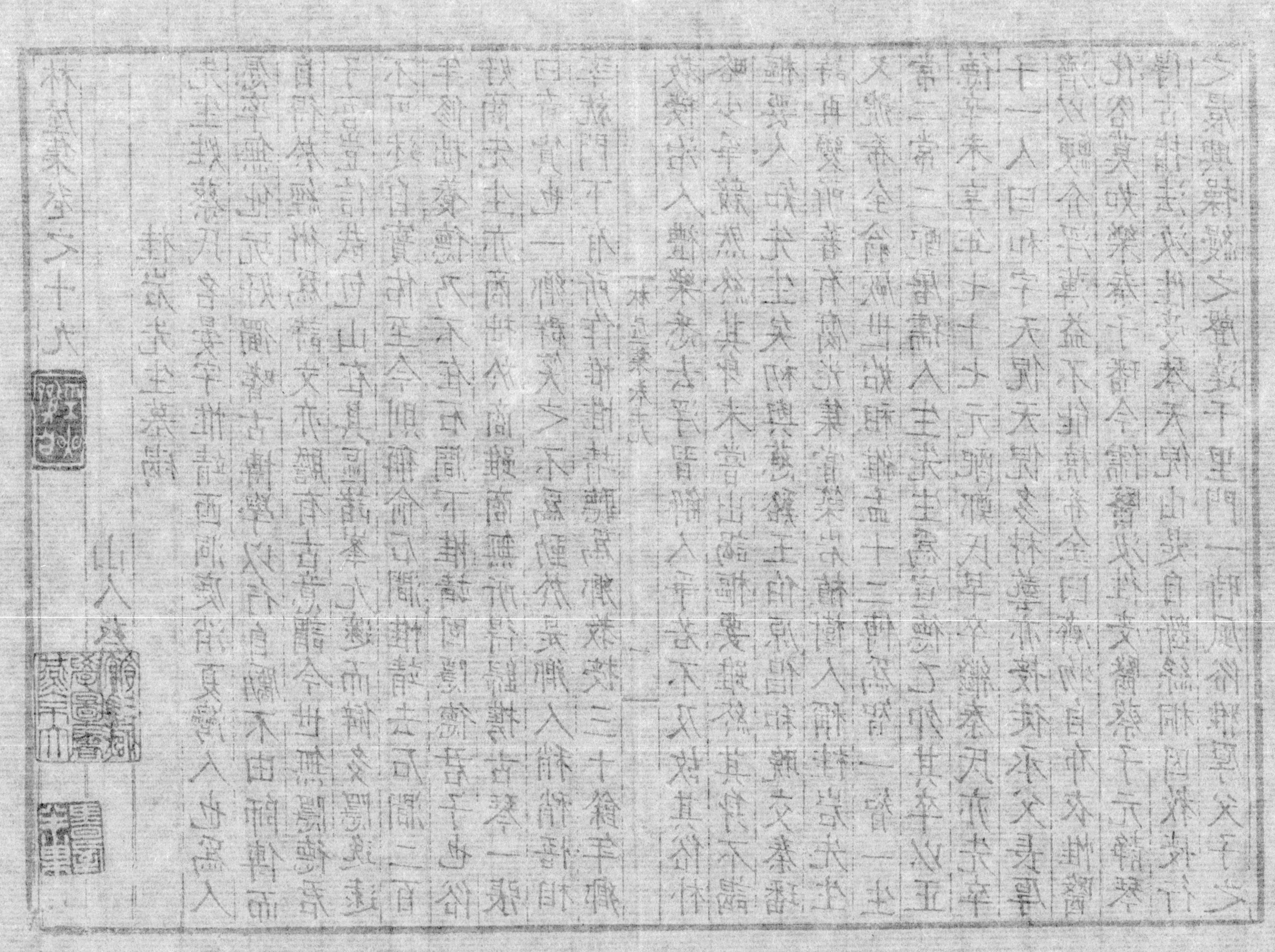

力也卒之三年甲戌十二月十八日葬黄山之平嶺天倪娶鄒氏女嫁王喆孫男二曰祀祉葬之前期天倪屬曰是非子孰銘明吾父羽與天倪定同宗兄弟羽年七歲口受小學于希全希全輙奇予銘庸辭乎銘曰國無君子孰基家邦匪惟作邦孰賴爾鄉肆彼韋布父子馨香念彼馨香式彼松篁勿諼忘後之人兮保爾前光保爾光其永昌

處士張先生墓碣銘

吳中異時多耆儒長者杜東原陳醒菴賀感樓王孟南衣冠談論著作取重一時頡于朝貴有張南伯者出差晚遊其間亦未之識正德辛未之春余有講地在南濠主人王清甫以燕徵方分庭客大至有一翁

深衣几杖容儀甚古清甫虛中不謝而坐問之張南伯也年巳七十八矣因得終日拱聽其言侃侃燕畢各謝去明日清甫二子守寵曰張先生家君遊其門好錄古書至今不輟南濠劇市有室方丈簾而別之日治書其中即暑不倦冠不免所御席圭刓澤可鑑未嘗一謁當塗新進造者未嘗輕假顏色雖不輕假顏色然好接引出貸古典籍則無靳羽曰是固繼四老而興者也宜君是明年壬申正月某日南伯卒又明年甲戌其子津沛奉吳子次明狀謁予寓曰家君以去秋八月某日葬横山屏蔽塢先塋矣敢祈銘墓上之石羽曰余聞耆儒亡未易銘媿知筆按狀先生諱翼字南伯晚號雲翁始祖俊仕宋爲萬夫長扈從

南遷家寶應七世祖榮仕元爲萬戸受督海運遂貫吳縣　國朝宣德間從祖父敬爲河南提學僉事曾祖璲祖信父瑛皆不仕瑛字公瑞配許氏當宣德甲寅十月己未先生生迨卒年七十九始客岷湘著三巴奇觀歸即教授不出雖教授不出名曰遠生徒至數百人其學通九流百家尤邃地理字學詩文甚富所著有吟袖攜音畧釋希則霞外雲謠性孝友弟軫有所求輒與不較嫁五妹咸滿意去前後郡守禮請鄉飲雖禮請鄉飲唯一再往元配吳氏繼劉氏爲御醫劉德美女克贊其家先南伯四年卒已別有志子二人即津沛皆劉出津娶金氏沛娶周氏女二人適王機杜琮孫男五人孫女四人銘曰大璞不斲玄酒

味薄緬思古人令我顏作吁嗟乎先生之風古道復作畚兮蔚兮豐丘永托

蘿菴翁墓志銘

自維孟占吳子孫在洞庭者非一鄉如西蔡則不遷之宗翁姓蔡氏名汪字進之號蘿菴爲維孟十四世孫父景母鄭氏洞庭尚客游田不足故宜客以財雄于鄉多獲于客翁少亦客以詩客亦以詩友以詩顯者友之不遠數百里以詩以道友于客由是雖客學轉進鄉人服其獲倍于他客初客嘉禾嘉禾之賢者目不以時客以重客以詩以道友嘉禾之賢者若干人若諸文學數善且久亦客京師京師之賢者過不以庸客與談詩者賀得客以詩以道友京師之賢者

若干人始學詩于慈溪王伯原工長句及友諸敎泰璠詩再變年五十絶不賦詠曰是未可苟爲縱浪爲如前人惟閉戶日寫古書琴且讀其爲友也以義以氣節相取下雖居鄉竟亦以義以氣節檢覈鄉人其子弟進者不以義以氣節隅談談不樂居南爲湖圃其上盡竹之緣築竹中亦好洗桐方夏交碧鳴琴不出平生不爲文亦少爲詩然老湎於詩以是趣終其狷峻天賦也年七十八卒于家生于正統丁巳卒于正德甲戌配王碩人子二長鯨婦徐氏次鯤婦鄭氏孫男二人僎儞翁卒鯨巳卒鯤克治喪以丙子九月二十八日葬其塢之平嶺羽於翁爲三從姪雖尊屬平生辱知可謂不挾長以道友者也銘其墓曰惟水

山間氣果完烈誕生狷人侃侃倔倔何堅不渝何白不涅顧翁何養至死靡折於戲剛風滅兮勁草衰望九原兮長嗟吁

處士潘陳紀吳碩人合葬墓志銘

香山潘氏擅香徑柳溪之勝有梁焉曰香徑橋考香徑橋得潘氏之舊余始未至香徑橋嘗怪古宅負溪而未得交潘氏門下士有治潘氏塾者導余宿所怪古宅負溪而得交潘氏正德庚午冬十月夜登潘子崇禮之堂悔相見之晚讀其譜考其世澤凡其人皆温煦長厚以禮貌相取下可愛也謝去數月爲辛未八月七日崇禮緦麻踵羽寓再拜請曰吾兄陳紀死巳十五年其配吳碩人今亡有子繼卒弗及主葬孫

乳在襁褓未以立也宗人之近莫如叔且同居擇以今年十二月二十六日葬大陀領祖塋之次合先兄丞葬必以銘敢用溷子羽受狀讀之處士諱綱字陳紀曾祖懷德祖某父孟誠母魏氏生處士能以孝友率厥家朞功同居若干口朞功同居若干口化其友弗擾也尤好客能飲酒雖好客能飲酒執其敬弗亂也以高貲鄉人多就之貸雖貸度不能歸者折券與之鄉人無弗親也弘治甲寅歲饑應有司勸粟之令授冠帶明年八月二十三日卒其生以正統壬戌六月某日春秋五十五元配朱氏無子繼娶吳碩人克舉内政卒爲今年辛未四月十二日距其生正統癸亥九月初三日春秋六十九子男一人女一人孫男一人孫女二人男鉞娶范氏母卒之踰月鉞亦卒女嫁吕湘亦先卒爲之次其事而銘曰柳溪之滸世類倜儻克舉謙恭和率里黨知白守黑流風蕩蕩爰卜爰藏寔獲靈壤有徵厥祥來福肸蠁宗宫伊鬱爲蔭孜廣

陸處士墓志銘

處士姓陸氏諱曜字啓明號陽谷世爲吳之洞庭山人吳俗患輕惟鄉處者差朴洞庭越太湖去郡城且百二十里俗之朴固宜然風氣既降頑桀者間出焉益不奉法其爲張弛必有由來觀其善知其他啓明之先有裕甫者仕元爲水軍萬户三傳至詠號樟南世居涵峯有丈夫子五人其叔曰鐩號怡芳實生

啓明樟南怡芳之間陸之盛四方誇焉所居當洞庭北面背高峯臨貢湖左右限以嶺周包沃壤二十里陸氏族其間其生厚其朴不改其人則奉法故其富久而不落禮文之事後先相映處士生而淳篤克履庭訓因其業益不事客遊専修文行故以德稱于鄉怡芳之興回斡精幹宗人頼焉尚待於力作處士體僝若不勝衣厥履優優然不見遽色人亦不犯即犯之亦不較以病不入府城二十年事至若不能爲雖若不能爲然怡芳之政舉之了了隱隱起于前人人是以服之迎經師教厥子子鵠以禮爲吳庠生初怡芳配沈碩人生處士十齡而沈卒逮長殊念之日懸象于堂食飲告面事之以生事庶母勞氏愛庶弟曉

咸出眞誠故怡芳無内外之顧怡芳卒過毁疾作終喪不能起遂以其年某月日卒于正寢距其生則某年月日春秋四十五厥配沈孺人克相内政者也子三人長即鵠次鸖次鸕鵠娶蔡氏鸖娶某氏鸕聘某氏鵠等卜以卒之又明年丁亥某月某日奉柩葬五龍宫之新阡先期踵余乞銘哀且懇爲之序而銘之銘曰矯矯方兢顓務柔克發言盈庭斤斤務訥胚胎前光汝爲汝翼佑啓後人汝典汝則謂非陸氏之實歟奚鄉評之歸德固北山之封兮休聲永集

徐孺人墓志銘

東海徐氏爲長洲甫里大姓有實善翁者配朱氏寔生孺人自幼通誦女規野史以敏聞然性端重弗自

見其敏寶善富而無子謀贅壻得館崑山葉君晁葉君文莊公從孫橋東君次子也貴游之子孫輕財不羈孺人相之善視輕財不羈弗憚也是故人知葉君毀券振貧助喪推食而不知誰之力外備葉君不時之需內不失歡于父母下敎諸子必盡其禮若二族之禮文聚而委我則髮櫛之罔不愜意用能與葉君周旋四十年中替復起不或欣戚卒見其子沂明經遊郡庠名起吳下方大張厥家於戲逝矣生于天順癸未二月二十九日卒于正德戊寅五月十五日享年五十六子男二人長即沂配姚氏次漳亦郡庠生配王氏早卒次沂配王氏女一人適顧湘孫男三人林森樹卒之又明年庚辰十月沂奉柩歸崑山將以十二月某日葬瓜川之祖塋先以狀挍其師濟陽蔡羽爲之銘銘曰碩人蒙俱姚冶則拙出言喑喑不如長舌寧爾大人相爾夫子敬盥敬餕罔或玷缺徐侯有甥莊姜有子載頡載頏桓桓俊傑爲龍爲光門則有烈捐爾栝棬中道永訣日吉時良歸葬于葉鬱彼宗城維姑之塋堂則坎固草則豐潔利爾子孫爲慶不竭

張恭人墓志銘

太常寺少卿馬公宗勉妻恭人張氏天津衛人父通母王氏其先有別古張者洪武初由百戶陞燕山衛指揮僉事事　文皇於藩邸爲人執抝世稱別古張　文皇靖難提兵將南別古張不從　上曰予豈以一

人奪哉置之遂失官以其節有二子皆授指揮其一
曰鐵臉張徙天津衛鐵臉張與韃靼遇於白溝一日
十八戰皆有功其帥趣令再戰不聽遂遇害是日諸
營大敗帥伏法鐵臉之後爲狗張即通通好田大故
名天順元年通有南城功沮於石氏竟以將才陞都
督出鎮口外有功　召回將大擢又沮於執政改鎮
南京右府都督公有二女長適大學士永新劉公定
之次即恭人初馬公入中書受知于劉公方失偶劉
公曰吾內子之弟宜歸之故恭人適公馬公之考中
書也即受封孺人比考驗封員外也加　封宜人爲
太常少卿也加恭人年七十六以壽終生於正統丙
寅二月二十四日卒於正德辛巳七月十七日子男

二人長文貞娶謝氏次文吉娶劉氏女五人長女沈
恭人出適吳謚次適盧鏜次適蔡羽次適興安伯徐
盛其季適唐侍御之子節孫男三人士昌士偉士俊
昌娶周氏孫女四人太常公之卒也先恭人二十載
弘治十七年　勑葬吳縣楞伽山有石槨虛右宂焉
恭人之殁也二子先喪馬素清職無鐩基而諸孫孱
處無以備禮戚黨謀曰恭人盛時與其女興安夫人
歲朝　坤寧宮備承榮遇今落然一至是耶羽曰時
固然也喪求其稱耳歛手足形懸棺而葬人有非之
者哉卜以卒之歲九月二十五日祔太常兆羽爲之
銘曰維馬烈烈維張嵲嵲締姻構戚躔布閥閱時去
世遷光景沮歇維昔　國恩永賚丘垤式徽式徽其

綫不絶天道難知巍武未滅吁嗟悵望臨封涕雪

蔡碩人墓志銘

碩人爲徐天常妻父橋洲翁母吳安人蔡徐多婚姻初天常父德輝翁爲其子請婚或曰多婚孰如徐宜靳時王母太宜人徐氏　姑也主其請遂登其幣吳安人大參天樂公之女學貫經史常爲女師碩人奉母訓知文義迨適天常勸導甚正德輝翁富敵陶朱方在荆湖轉轂連艘三司客遇之然頗飾紛華雖飾紛華自奉甚儉天常不師其儉有游閒公子之習益以輕財好客遂落父業竭産以奉猶不給碩人視天常竭産以奉猶不給無如何惟計育其子耳由是茹楚二十餘年而家崩天常亦卒乃携其子依同母弟

羽日紡絍以生碩人紡絍以生有男子志護其子不令與凡兒處置其子詩書中其子繗既不獲與凡兒處惟日游詩書中故學日起十年而充郡庠生碩人喜且懼曰置其子詩書中十年而充郡庠生進取也或德性無養將焉立日益憂弗任思慮正德辛巳十二月初十卒于蔡氏距其生則成化戊子八月廿六日春秋五十四於戲育其子教之詩書又期其立德歸人也而識是繗娶陸氏女二人一適蔡楫一爲弟懷養孫男一人孫女一人繗卜以卒之某年某月某日葬馬村塢合天常兆羽傷碩人之艱於爲人婦也卒哭銘曰厥歸何隆厥返何微命乎式幾有息營營厥昇春春丕承奚疑蠖則有伸轍則有復百年寒辛

泉下瞑目坎尒玄王秀尒松竹白雲斯封馬塢之麓

金實卿墓誌銘

金果字實卿蘇之長洲人世儒家居相城五世祖維則與倪元鎮爲詩友陳嗣初有文稱許高祖允端著盟鷗集允端生以賓與沈啓南唱酬啓南銘其墓曰長篇短章屢屢上人以賓生儀儀生岳爲郡庠生儀以來始居郡城之樂橋岳字仲瞻配沈氏生果幼卽穎異正德乙亥果年十三時提學御史彭城張公牒下長洲長洲令集邑之俊秀考較之拔其尤將升于憲臺時集者千人而果居首令尹新喻俞公奇之懷其文見張公張再試果再居首益奇之以屬郡膠果時雖屬郡膠未髪獨懸髫儔人中張公手旋其顱以

諭四方來試者由是果之名遂起未幾仲瞻喪居憂克謹禮法益勵問學日閉戶自課其弟枝雖素友其課枝不少借一老師弗如也嘉靖元年山陰蕭公選應應天試枝亦以其年補邑庠生踰年而實卿卒實卿自幼不爲兒戲閒居議論動以程朱大儒爲準爲文章有氣力雅慕諸名家志在名世不果也其在壬午師余于包山探其懷偘如也視其從事日勉勉不暇雖日勉勉不暇知其神不逮也厥貌短小厥聲雄相法應貴顴早奪非人力也生於弘治壬戌七月五日卒于嘉靖癸未十二月廿六日得年二十二娶陳氏子男一人曰辰彭子女一人曰淑間卒之明年甲申冬十一月某日葬鄧尉山先塋次枝念兄痛切自

拾其行爲狀乞銘銘曰孰鍾厥靈夙奪胡寧孰培孰傾未半隕零我輿遠到未量伊蹶陰劉陰剪造物梯滑難弟繼采亂啼雖雖軒俯輕輿數耶無庸蔚葱玄城維魄亦妥幽祥皖哉永錫而嬴

處士湯君墓誌銘

湯君蘇之練川人也某年徙郡城居　里羽初未識湯君然君之子琜同郡庠已數年名漸起正德戊午始交琜一再往覆因獲奉君几杖容貌甚古溫溫可親私歎曰古有至人神全而意閒豈其儔耶衡山文子在座咲曰知晚矣湯君不汲汲於進不戚戚於取然趨向甚明禮賢教子取友之誠今鮮其比自餘不足加意故厥養全羽曰如予言嘉靖癸未九月二十

四日湯君卒羽哭之第又明年羽在南雍有以書速墓銘者曰不肖孤湯琜有父之喪皇皇踰年始獲地於胥臺山下卜以今年乙酉臘月十二日爲葬計父予幸獲溷左右左右不以不肖棄其賜銘不敢以杖衰走京師者嘗拜命也羽與曰子友湯子葬其親有日矣敢辭諸按狀君諱鑑字宗明別號餘閒曾祖某生某某生某生君妣某氏初君兄弟二人以治生雄於鄉伏信義集事咸身致殷富君天資特厚未嘗色於市加於鄉里雖歲居月積而施舍裒益相爲流通垣第之中環植花木無毫髮塵俗氣以子之名郡中傾動後進宗事故君之賢益聞於境生于成化丁亥某月某日逮卒春秋五十六配　碩人亦克內政家

之興寔多贊畫子男二人長卽琭娶蘇氏次瓊取鮑氏女二人[illegible]孫男四人孫女[illegible]人銘曰璞之未斲與頑石同有美在中區區自昇技殫巧終味之不厭寔存古風湯君不起余懷忡忡瞻彼胥臺葴君之官厥木葱葱厥來無窮

郭子墓誌銘

郭子諱邵字漢才世爲蘇之長洲人入　國朝族始大號東坊郭氏六世祖彥珎三傳至用行用行生汝文汝文生謹儀謹儀生郭子邵母張孺人爲雲南按察使虛菴公女彥珎號惠寧以善行高于鄉鄉人德之稱曰惠寧長者汝文號絅菴有操行敦脩禮文益開厥家以子貴　封太常寺典簿謹儀由鄉進士授

南京太常寺典簿加文林郎聲稱籍甚方擬大用在任五年遽引退陞鴻臚寺丞致仕人歎其高郭子之生敏而嗜學自幼不爲嬉戲父之官太常也以郭子從時始數齡已有識度父知其不凡令遍從文章鉅公用是器日益充歸遊郡庠郡弟子咸推之御史院試輒居一等與太原王寵齊名意高第不足取然亦累蹶場屋郭子則益勵厥志以古人自期迨德業有成渾然不見圭角然其中燦如也時衡山文徵仲濟陽蔡羽年皆倍郭子愛其早成與爲忘年交嘉靖壬午秋試復下第遂病不起以其年十月十六日卒以郭之累德鴻臚公之不盡厥用郭子克讀其家書治二經文爲時式由是以顯厥家壽且有後豈足多哉

顩皆無之淺薄者出輒第澤未厚者顩祿且壽由此觀之天果施於善人否耶郭子篤倫理綱菴之喪嘗佐鴻臚公治之斂葬合禮及嫁女弟所以代父毋經畫者亦允內外之情平居語不妄發遇事出一言足以斷可謂沉毅明慧之士配徐氏爲天平山徐守耕之女無出卒之日以從兄受益之子爲後名曰緒郭子生于弘治壬子十月廿一日距卒三十一年鴻臚擇以卒之歲十二月十二日葬吳縣至德鄉博士塢先塋側委銘焉時陳子道通爲狀受狀叙之銘曰孰俾爾完孰鍾爾全謂天匪厚於人不然指取功名赫與厥宗中道則僨胡弗竟從跖顩宜延顏顩宜折謂適其嬰何昭何滅於戲古今旦夕孰爲不朽念彼哲

人瞻彼靈阜有烈耿光上映箕首

宋處士墓誌銘

宋氏世爲長洲甫里人處士諱杲字啓明號守恬祖士行肇徙郡城之烏鵲橋以前不詳士行生誠誠生昶爲人苦朴不事容飾獨嗜古履愨不爲浮俗移變歲弘治辛酉余寓祁寒啓明來過屬余仲子泰受易余恠之時方好好啓明廬邑之門有其市心乃粗卒是甘雖素蒿岩穴曾是過迨晤語氷雪中移日不輟援古訓持成敗證以史實一書籙弗如乃知卑論儕俗易取富貴季次原思不能與人同也啓明早喪毋嫓氏遇忌輒慟哭恒如居喪聞一善言輒書之座古今典文尅苦手抄約與鄉人會卒先恭慎教子孫咸

以方法爲人塈此嘉靖丙戌八月十六日時年七十五卒于家配龔孺人先卒子二人曰坤泰坤娶蔣氏泰娶王氏坤亦先父卒泰郡校爲廩生有名女三人適顧綸孫瑗沈松孫男五人曰金鉞鏊璘　孫女四人曾孫男二人女二人明年丁亥某月泰奉柩言歸某丘以門人許子文貞之狀來請銘銘曰有俗霍霍有士莫莫尚之不多酌之不涸謀食則回謀讀則適執爲古遠諶哉維則徃矣遺榮展也令子祥丘旣協曰時曰止

樂圃馬君墓誌銘

馬君諱綬字大榮號樂圃世居長洲之甫里甫里去郡城幾十里土膴而戶勤宗人咸以敦本興其家至

大榮盡變浮習不喜纖華虛飾家饒而用撙雖用撙臨財有義與兄弟拆居田廬不自與其美退而課厥生益勸取與以時業更美善以含忍勝人梗者自服即不自服處之平平若無預然亦不附炎熱嘗選領鄉賦遇賦歉小民無課告有司有司無災減督之如故大榮遇無災減悉解帑償官死之日鄉民聚嘆曰安得損巳爲民如馬君乎生好吟詩書善行草教子有方子淮遊太學歲甲申予時在南雍與淮善大榮臨其子于南雍予獲承終其日奉言動數曰交若子聞若親見若親徵若子家之克興果然非偶也未數月淮走皇皇有請于大司成曰吾父疾作吾父疾作甘泉公方以孝治人聞之動色聽淮歸省至則癰不

治矣竟以乙酉五月十四日卒于正寢春秋五十三按狀曾大父文遠以博物洽聞受知于大理卿胡公槩用其言有德于民民有肖像祀之者文遠生以瞻以瞻生孟輝皆有隱德孟輝配楊氏寔生大榮大榮娶韓氏子淮及女一再娶陸氏子女二副盛氏子男渡淳又副金氏子男女各一皆幼凡生男子四人女子四人淮娶某氏渡娶某氏淳娶某氏洵未聘壻王訓郭槐嚴威孫男一人曰負圖淮出淮等卜以卒之又明年丁亥十二月十七日葬洋涇原之新阡時孟輝公在堂寔奉其命先期走友人濟陽蔡羽屬銘焉羽驚曰予知子洪父子者也矧子洪自爲狀踰太湖問窮廬人不辱筆矣顧筆不足徵奈何銘曰衆施施已束束日計不足盈者往虛者來孰覆孰培是道也尚移於國蠡移於家秖言秋實不言春花前有作有考天鷙後有遺有嗣百祿逝也不顯留也克養既裕既綿其至肸蠁啓時新封有蔚景象閟之樹之九原興仰

筠谷處士墓碣

處士姓蔡氏名瀠字元潔別號筠谷世爲吳縣洞庭山人十四世祖世洪仕宋爲秘書郎生子維孟維孟生日祈日祈與弟析第爲上下蔡故日祈之後常爲上蔡中徵於元入　國朝曾大父仲簡府君克起厥家光復前業大父德芳府君父景南府君景南善琹操號友琹爲人篤行特方承平南方大姓專脩詩禮

友琹雖脩詩禮以行高書四方名人武功伯徐公爲著友琹記配徐孺人一毋四子處士居長體梓魁卓美髭髯亦能詩嘗植竹縹緲峯下亭其間率諸弟奉友琹翁日往遊息即所稱筠谷者也性友愛分居美業不自與雖美業不自與然克致高貲承親志益恢前規視義舉不憚爲若穿井建橋梁施食貧人歛無殯以棺未暇歷歷禮文之事尤逬續前光焉洞庭族以衣冠相尚筠谷始爲天倫會其爲天倫會昆季畢集與拜終日容節甚勝聞者傾仰生于宣德巳酉四月一日卒于弘治丁巳八月三日春秋六十 元配玉碩人吴城名族子子女一先卒别有誌繼配戴碩人爲提舉戴公孫其淑視三克孝其姑亦視王相筠谷終日持默若無能爲而事日治生于正統戊午四

月二日卒于正德辛未正月十九日子男一曰軻娶湯氏繼娶蔣氏女適徐輅孫男一曰璀娶徐氏曾孫男一曰果處士之葬以弘治辛酉十二月庚申越二十七年爲嘉靖戊子璀壯而成立念遺命必得名公筆其墓謀諸從父師古師古曰汝縣父林屋太學筆名當世請之不朽計也偕來拜不可辭銘曰伊昔諸老於何偉乎方提獲負而睨維喬有陰遏不逮始雖然聲聞于天和于孫子有美孫子天集厥祉

亡室馬氏墓銘

馬氏故太常寺少卿馬公宗勉第三子也毋張恭人爲右軍都督張公女其舅擿洲府君南寧太守同毋

弟其姑吳碩人大叅公孟仁女也橋洲臨終提其子
羽屬吳碩人曰善擇婦毋令兒喪志隳先美碩人難
其選囑其弟吳君承翰吳君曰吾從子方連貴姻姑
俟時馬公爲司封員外方告還蘇請婚摃門公曰爲
吾壻不必膏粱子也碩人爲親致聘未幾逆自　京
師溫溫焉縝縝焉碩人曰眞吾婦也從而祭酒漿咸
當意益鍾愛三年姑卒哭盡哀是爲弘治癸丑明年
甲寅一子毓乳名震哥二齡而亡亡又脤卒不毓乃
爲予置妾妾不宜子又置連置妾媵逾四十曰生子
爲宗嗣計也近屬可育盍育諸羽解之立今嗣初予
肄郡庠輒累月歸家總于內　洞庭風俗語言與城
市隔織紝堅緻碩人居未久盡通之風俗語言無不

宜織紝尤堅緻宗之娣姒宗諸婦咸以子地辱會持
讓吾子善下不以巳地加人人人輯睦雖素持間於
予多因之釋後予貢　京師遊南太學歷部幸往返
殆七年予獨操厥家雖七年不知予之遊也竟以過
勤疾作嘉靖七年戊子八月四日卒卒之前月一孫
生甫彌月懐且眴眴然不能爲矣於戲馬氏生于成
化癸巳六月十一日迨卒五十六年爲予婦盖三十
八年也子學禮娶胡氏先懐女適蔣暉巳卒孫男一
卜以卒之明年巳丑三月初一日葬穀堆山祖塋旁
銘曰吁嗟乎子車來兮維葛式濩湘我藻蘩奠我宗
室嬪之媍兮叠汝祝孰虔孰劉一乳不育有庶孰嶭
有棟孰築區區尒生貿是絲粟徽彼有穀豈不諸福

有旻無知胡奪之速吁嗟乎週尒泉坎尒玉春霜乾
兮原草緑魂憑憑兮庶歸來歲歲年年連理木

明太常寺少卿蔡公墓碣

嘉靖七年八月初九日中順大夫太常寺少卿無錫
蔡公亨卒　上遣官堇于錫常州府致祭于家初公
以　興邸審理應運從　龍擢光禄寺少卿預脩
獻皇帝實録受殊錫以廉謹特彰　聖念卒之前二
月方暑遘疾疏乞骸骨不報至七月疾亟復力懇
上猶辭之至是知其不起特進太常寺少卿蔭一子
入監命下數日而卒　上深悼之夫仕際時難也得
主尤難公以例貢起家弘治間爲泰安州司訓陞陵
縣教諭正德初轉　淮府伴讀内艱服闋改除　興
府進審理至際　龍興身翊　二聖曆殊遇豈非天
乎然自釋褐巳爲儒官扳其流矣歷宦四十年其節
愈明遂會非常必有足勝之者矣夫漢稱代來唐言
秦邸嘗考厥屬則宋昌房杜信非偶然夫豈得以地
拘人哉按狀公諱亨字嘉會別號南洲其先有禄四
公　洞庭人爲下蔡日新之後四傳爲道二公贅于
金陵因家金陵季子子宗贅無錫余氏又家錫子宗
生彦華居洲涇彦華生璠璠生亨公之貴也璠卒巳
如千年贈光禄寺少卿夫人張氏贈太宜人璠號稼
軒讀書蹟財生四子公居次早入縣庠即有名臺考
恒首列其在太學太司成以下皆器之丁先光禄之
艱迨奉張宜人遇諸昆季咸篤孝友其爲審理受知

于 恭穆獻皇帝嘗曰蔡審理循循雅飭有古君子
風大書積善堂三字 賜之渭愼久著累拜莊田之
賜後雖應運受 簡有年矣生于天順丁丑六月初
四日逮卒七十二年配宜人秦氏爲方伯中齋公姪
令司徒公之姊也爲公賢内助公之宦也常迎太宜
人不就秦請奉其姑乃爲公置妾以韓氏孫氏隨公
子男三女二長應祥即蔭生秦宜人出餘皆韓氏孫
氏王氏出應祥娶華氏鄒氏應禎聘鄒氏應祺未聘
女適華霖許莫士瓏孫男二人孫女三人卒之明年
巳丑應祥卜以其冬十月 葬隆壽鄉新阡自
爲狀走羽曰不肖先生宗也乞銘先公不容辭爲之
銘曰亳賢無方代勳斯皇桷桷髦士載趨載蹌贊功

明堂子 潛有光
天子殊錫服命奕奕褒我妣考賁我閭邑懋宣昌澤
蔭茲蘭息際時其難歛時孔艱厥休綿綿封植斑斑
十畝之間兮車閑閑式旍式旍

林屋集卷之十九

林屋集卷之二十　　左虛子二十三篇附

山人蔡羽著

天道篇

化無窮天不可知以六合觀天者小也混之闢之孰使之故凝澄不足道有形無形孰出之故五行不爲先五者二之分也二者五之合也一者二之宰也二者一之妙也然則五者之立依形乎曰溫燠寒涼清濁五行之謂也五象未示氣固流行矣故曰至誠無息天之所以爲天也可混也不可無也可清也不可始也謂陰陽之前有極陰陽之後有五行四時者妄也聖人立象不立數言有不言無立奇偶所以著變化而非有始也謂氣即道非也固有所謂形而上也然無形無道也謂形而上非氣非也故自其陰陽而名之曰極自其運行而名之曰天自其稟賦而名之曰性自其本然而名之曰誠自其本體而名之曰中自其性之德而名之曰仁是故無往而非天也若夫形天則滯矣六合雖大是以一芥視天也不必出于六合之外而六合之外不能盡故天者不可知而已也或曰子午之說元會之期其能逃乎曰是術數之家也流於誕術數之家流於誕幻生之家流於妄是強欲知其所不知而聖人不取也聖人不強其所不知而以理知其有不合于理者不論也老莊知道在天地之先也未知道在天地之後也知道生萬物也未知萬物即道也知失道而德而仁而義而禮而

智也未知一以貫之無二也故諸子之言天形天也形天可得而知也彼病天下之滯於有也故曰有無相生病天下之爭於長也故曰長短相形是知無矣知一矣而不知無之爲無一之爲一有物也知無之爲無而不知無之爲有不容已知一之爲一而不知一之爲萬不容已故常執而不通也是故知一之爲一未若知一之爲萬也知一之爲萬未若知萬之爲一也知無之爲無未若知無之爲有也知無之爲有未若知有之爲無也知是非之不必辯未若知是非之不容辯也知脩短之不必憂未若知脩短之不容恤也夫昧其本者繁其枝濁其源者汚其流天不可知而以私見強億之故各出萬言以與聖人爭能也

爲是病者有根焉彼謂仁義爲何性命爲何道德爲何其知今之作于天下者皆昔之藏於天者乎其知無形與聲者固在於有形與聲之中乎其知天在於萬古之前而亦在于一物之中乎其知我之爲天而天之爲我乎其知物之爲天而我之爲物乎故不可知者難言而不可忘者常大思則得之不思則不得也太甲曰顧是天之明命愼矣哉

無意子

無意子處於崆峒之巔覽於群化反於厥始色玉而聲珠目洞九垓不事視也耳極九術不事聽也變無爲有不利利也化純爲衣體不襲也海輸陸賦口不膾也溫溫而居充充而遊冬雪不寒夏炎不煩憑雲

起居脤虛而卧曩者范睢由亡命相秦蔡澤攘臂奪之予不羡公孫弘對策上第得封侯印予不喜囂囂子過曰吾蒙主人之知連高第寵以顯位食以玉食几可以權成轉亡升人于青雲置人于黃泉無不如志予孰與予曰余素寒不知子嗟嗟子過曰吾憫富貴者不惜其餘快意於一日窮欲於累外一旦輝霍去涼風至峻宇雕墻行道惻傷又惡貪賤者借其衣而殄其食依附景光取憐氣息疾若儔孰與予子曰余素素不知子意意予過曰吾意某年取科某年取第美爵可必得某公閣某公臺富貴可必擬南居雲臺都邑之選鳥獸草木之玩蛾眉窈窕之奉高視而肆言頤指而氣使苟不如意雲其喜而泥其憎子亦從乎予曰余素拙不知予是故無意子與世枘鑿趣舍相失語默相射破崖減舌孤行而遠息上避其形下避羣爭雖不絕俗逃名而交益寡

玄白

老曰知其白守其黑是爲天下式孔曰不曰白乎涅而不淄是天下之白不能尚老之玄也老之玄不能尚孔之白也此無他有意無意而已矣有意之白非天下之眞白也故玄得以尚之而聖人何意焉仁眞仁也義眞義也禮眞禮也樂眞樂也有諸中故形諸外聖人何意焉無意之白天之心也理之本然也夫天本無心因聖人而有心亦曰斯理而已矣太極而已矣理無作爲極無顯微虛明潔白燦燦熙熙物我

皆然何事於玄哉玄斯匿矣處下流是待天下之歸
也執虛器是待來物之乘也是匿也是有意於取也
非天心也是老氏之道而非天下之正道也故厥術
流爲戰國紛紛之家厥用一出于貪而厥禍至于毒
天下其曰將欲奪之必固與之是與之意在奪也將
欲翕之必固張之是張之意在翕也吁有意以爲善
非天也況有意於貪功利物以飾名天下乎故曰不
足斯留意意不良斯守玄故玄非誠也有意非誠之
至也誠之至也天之道也無思無爲妙應萬幾未有
得失盡人盡物位育參贊必有本也何謂本曰降中
而已矣是天下之大本也大本立矣功用盡矣是之
爲我無爲而天下自成是聖人之能事而非老氏之

云也何賴於深藏何取于嬰兒感人心而天下和平
何待於天下之乘曾子知之矣故曰江漢以濯之秋
陽以暴之皜皜乎不可尚矣孟子知之矣故曰行一
不義殺一不辜而得天下不爲也聖人視得失天下
猶一芥而莫大性之存亡故不以昭然者爲暗昧也
或曰舜稱玄德孔曰默識何嫌曰舜之玄德之深厚
也非有意也默識不顯存之熟而微之至也無意於
取物也曰然則子於老氏無取乎曰取其淡泊守一
而已矣然斂之不出吾道而縱之則不勝害故異之
而不用然則子奚用乎曰子之燕居申申如也天天
如也發憤忘食樂以忘憂不知老之將至也用之則
行舍之則藏也是聖人之所以爲白也其次致曲愼

獨而已矣

子膏氏

子膏氏有南郭之良千頃厚居以謀其子華居繡轂僮妾厭玉帛出入儗王侯縣吏有請不得必重泆以困之子華氏過而鄙焉曰予簪朝簪乘露冕出入都會鄉人側目小吏拱竦位高而金多方叱咤不暇孰與子膏氏之畏吏子無氏過而鄙焉曰予居蓬蒿衣褐衣天子不得臣諸侯不得友何取膏之金華之冕乎與吾重形以勞天下孰與輕其身肆其志乎三子不能平請於無無氏曰有財不能施有政不能爲有德不能忘非予所知左虛子曰二子矜外子無氏鄙外無無氏忘鄙外矜外者愚鄙矜賢忘鄙外者聖

忘而見

矚與聆孰大忘而見以爲矚大曰予青非獨五采之絢絢澤爾車飾爾馬不矚不啓乘之泰雕爾宇重爾臺不矚不啓居之泰珍奇百玩重貨不矚則不畜娥眉窈窕玉顏不矚則不御言絕爾欲寧絕爾矚以告忘而入忘而入以爲矚之攻近聆之攻遠矚之方一聆之方四潰潰而來訛訛而出洋洋而充淫淫而入屋漏而衆籟也夢息而諠譁也晝夜予軫捷不及避謀不能去豈如爾矚之易爲耽耽瞑斯已矣二子不能下以見忘而留忘而留曰畏哉二子之謂天下未有不須視以行聽以成者也顧惟未一一何害萬顧惟未定定何憂亂以一視萬則太山秋毫一也彭聃

黃殤一也容於一則御奴於萬則亂是故君子莫大於自勝天惟勝故人不能犯禮惟勝故私不敢戕吾視吾天不見所謂非天也莫非吾性秉吾秉居吾居不當如是者退矣雖日接萬端何肯乎吾聽吾禮不聞所謂非禮也莫非吾心正本以受之順物以應之不當如是者滅矣雖晝夜洋洋何軫乎一體圓融無象弗逼圓圓朗朗無翳無匿纖毫忍留斯累仁纖毫賊留斯害義非量之難盡也明之難全也不淵其淵必有伏之者矣不鏡其鏡必有翳之者矣神哉敬乎在淵而徹在鏡而空孰定而公孰執而中安安之功苟去爾明黜爾聰尚克奮庸吾不信也二子於是神凝意順巽首下風端視一聽莫敢出氣曰予小人也願終其身受事焉左虛子曰忘而留造於聖善厥職而已矣

民憂

左虛子曰民之憂吏之不職也或曰三皇氏何職子曰上人無職中守職其下不職民之初生何庸職帝之世思職三季而無職民其脫於猛獸乎或曰若是乎堯舜孔子未善善也禮樂刑政之摩非上也子曰堯舜孔子之心猶皇之心也勢不獲已也禮樂刑政之待凡民也動容周旋中正和平從容不踰矩聖也待禮以中待樂以和待刑政以發其次也待中人不以法猶之求五穀無耒耜焉是故聖人以禮樂刑政待天下而心遊于法之表故天下可讓也卿相不有

也清虛玄淡千聖一心也順時與法萬世無敝也傲者棄之矣貪者瀆之矣法棄而民佚瀆而民凋將安依乎曰荒曰弊吾憂其終也是故瑣瑣斤斤非有司之過也狥已蕩法忘業有司之罪也

子園氏

子園氏憂東鄰之樗曰其陰方丈踰垣而奪吾之日露鉀予植不毓蔬無色柰何左虛子聞之笑而起曰予嘗病子蒲氏之水升為田而患奪于人日以陳歲月之勤今茲特甚夫地之有土偶屬之人相聚而室相踵而耕以糊口于世世治斯埋世亂斯棄棄之不已還歸于大塊塊不自專歸于太始太始不有歸于無始夫陰陽之無情所以廣毓爾類也均樗均植孰為爾物均澤均藪孰為爾有彼得而飽爾失而餒爾脩其不足彼得而餒爾失而飽爾脩其有餘脩其有餘飽斯分矣脩其不足餒斯安矣士安則不憂貧知與則不矜有以處天下豈不有餘力哉何憂於交鄰子園氏曰小人襲父兄之訓不聞大道今奉命矣乃委植而歌于蓬門

莊辨

或曰莊何見左虛子曰見厥初而已矣曰何以狹孔子而賤禮樂曰初固然也昧於時而不顧者也以為玄澹無為盡天下之道也孔之心猶初也知天下之物有不盡然也或曰莊生忘世孔憂世斯二言其盡諸左虛子曰不然也彼見民之初生止於是斯已矣

故無庸治孔見民之方來不容已故無庸弗治故孔盡時或曰何謂時曰行於天者是也子不觀春乎吐而端倪形而毫釐昧昧熙熙人始嬰啼禽獸柔乳不爪不角欲齧奚施厥事未備何容品位厥慾未彰何容裁制故三皇順時之荒一切苟治皇無衣冠民無田里雖則風淳節簡害未易紀莊生以爲不易之道故昧至於夏也草木暢茂禽獸蕃育齒齒角角磊磊落落聖人不理嘉穀不起不教不明善類孰生不疏不戚孰保孰恤不尊不卑孰紀孰維爪牙不驅赤子無依不婚不祭突見人類聖人有所不忍故禮樂作是故政則夏也心則春也故曰時然則剖斗折衡之言孔之賊乎曰不然也彼見權度之初教民別也民

非財不殖財非政不理權度者政之綱也別於初而定於悠久一時之累萬世之利也然則道德仁禮果異乎曰彼未知體之一也有形之未始離乎無形也其曰方內外者蔽也然則子視莊有取乎曰取其趣高無慾而已矣故當世不能累是聖賢之自養以輕天下之富貴者也徒得聖賢所以自養而不知治天下不可無法故其道敝左虛子曰孔莊異道而同趣

絳君所遊

客問左虛子曰衆方燕嬉而子閉戶方逐狗馬而子斂膝酣歌無度而子不御伎樂豈不悶悶子曰吾絳君所遊者大絳君無象天人同始絳君無內萬內同宮故能上參三光俯順萬類安安無爲衆職允治不

畜而富不軒而貴四海一闓天遊無外屋漏而明堂也玄夜而玉燭也凝旒纊離不動聲色金輿玉輅平平直直雖躡斗柄巂祝融沭咸池折若木倏忽萬里而玄關寶室自得而無失非無喜也吉人來庭嘉謨奏聞用嘉厥績用勤于作德君則有慶終日欣懌非無慾也肆厥醜穢德弗祥詭誕悖往君則遊于清穹孤處而高扃碌碌羣小欲闖而詎能皇皇親賢汲汲勸善矜人之不逮軫寒而憫賤故交盡天下之德取盡天下之益居則常春守則常神不但已也前遡千載堯階舜廊禹室殷堂羲文委蛇周孔家邦揖讓趣蹌婆娑乎其旁莫不襲厥衣裳佩厥珪璋沐浴休光咀嚌脂肪後垂于禩開闢疆場提挈俊良沖和之韻

厭飫乎來世孤潔之風蕩滌乎餘裔聲金而操玉鳴繇而戛竹莫不陶洗凡鄙振動流俗萬世之下必有同軌而侔度襲芳而蹈躅夫出入乎萬里迎乎前要乎後遊非不遠顧常優游乎御晏晏乎止神未始疲轍未始敗充充乎有餘歸也休休乎有餘息也奚取于市井之逐逐衆醜之嗤嗤蠅頭而餔馬牛而風哉客曰小人奉近不獲奉君之駕不出誠善

子執氏

子執氏之先爲職方氏族在北方有周行者偉人也博大而多容生軏文而柔訥德厚善下嘗所交有子轍氏共工之後也厥俗散在齊魯秦晉秦之小戎周之無將兄弟也轍寔周旋其間善以智自舞性剛而

好競二子居不同而日交于野轍有所加軏受之而已有所未及轍亦開導之嘗別去浹旬軏無所啟或累月而至亦必訪軏所在軏自以虛己事轍委心腹焉艱險無所避繩趨尺步猶形影焉忽秋霖連日潦泛于原轍方出郭悍奔失軏之所在身陷于汚轍不克興喪其貨具號呼在途不獲進發怒罵曰子軏氏真小人也與我期千里而棄之中道深居納汚今若是獨不能効靈鼉塡河速濟我耶軏聞之曰噫天道有雨暘地道有旱潦人道有進止爾專務馳騁而不相時顧惟罪人是天下之暴夫也詩曰高岸爲谷深谷爲陵世道則然也獨不量己競進何爲我不能輔子矣閒不久復修前好軏始難之終弗拒也他日又

之於野途遠日暮子轍氏前躁復作曰請暫與子異求捷耳乃陟高陂緣丘陵出入叢棘之間下臨澗道躍度而蹶傷足及腹大敗重崖之下乃呼軏曰子弗能援我乎予慕兼程故至是子視予索栲馬逸命絶能左顧乞骸否軏曰予道在此而子徇彼余以守直行天下惡能枉己以暴取覆者子轍氏也爲後來者戒耳君子曰子軏氏虛己守正順時故邪世不能亂夫東海之蠡至太山之巔而不沮以其不競也江海之大尾閭納之而不溢者以其虛也君子軏氏可謂知道矣

象溪

左虛子遊於滙澤之上有玄溪焉從者請濟梡之湛

自若也耳屬之無聲也滸者笑曰君未量致詰焉曰前爲陂後爲洲奚弗循循乎玆淵疇之趣也流之主也豪牛不沉焉濟師不汨焉然大旱澤决洲爲堂陂爲畚居者資養行者資困左虛子仰吭嘆曰谿哉谿哉無得而踰哉造化之道盈者主息江河之道高者主與下者主取消者忘盈則虛者來盈者去高者忘反則取者壽與者敝是谿也其善事江河樂爲天下下者歟不然何玄也吾聞知者納汙賢者忘伐積德累功天下莫能踰故厥德成厥名無終苟天下莫能踰何嫌于茹納哉顧子號象溪訪之曰知其雄守其雌是爲天下溪吾志也子志吾志左虛子曰象者肖也子肖溪莫大於肖是

憂世

或問於左虛子曰憂世莫如聖人乎子曰不然也聖人無憂天下憂之而已昔者三皇氏之世君忘於朝民忘於野等威不形好惡不立何賴於隄防故三皇氏聖人也而無作非拙也民之初生非宫室衣服飲食不異於禽獸非兵防禁衛約束不免於爪牙相忘散而相爭朴散而澆非禮樂敎化不能止厥欲衣服食飲約束禮樂敎化之條漸繁而欲漸生矣聖人之有作非得已也其不能使人之無欲者豈其教哉莊生以爲亂天下者見其始也後世以爲憂天下見其終也左虛子曰聖人無憂而有慮

汝棄

或謂左虛子曰有司既汝棄乎子曰何立異窮達貴賤世之人妄爲流品也予求爲此人者也無窮達貴賤之異也古之官是人也重責之也勞苦之也離其親戚以憂人之憂也非富貴之云也其立人之朝者忘其家也不有其身也非食祿乘軒之云也故道行而出違而入出而憂入而逸一出一入一憂一逸各得而不相易易曰王臣蹇蹇匪躬之故又曰賁于丘園無咎夫惟賁于丘園爵不得榮祿不能勸斯神全而體適矣故上曰勞心下曰逸志豈若後世標榜脩飾挾官濟欲以爲鄉人多哉略足以經文足以濟有司求之是有司之儔也有司不之求非有司之儔也其意將俾予全厥不虧藏厥不盡以遊乎自得非人

力也世世有知者必曰　聖朝不盡拘人於朝辱人以事於其時有逸民焉以爲有司汝棄乎不汝棄乎

李子將歸

李師子將歸問於左虛子曰有以教我子曰其水乎李師子曰願聞水左虛子曰予海虞子也亦遊呂梁乎是多揭木其厓巉巉其石巇巇沸者成輪梗者橫奔潰决傾騰晝夜雷鳴是水與石不相能也夫以下泗方東而呂梁不能容非隘且不虛乎至於海天下之水歸之矣未嘗一相持而相拒非大風潮恒洋洋若也不沸不梗橫包萬里不見其際是虛也虛故納納故無爭無爭故無上而百川朝宗知呂梁之過斯知所以待天下矣師子曰諾交莫大於虛吾過隘故

愠

器辨

多寡器也忘多寡非器也得失數也忘得失非數也器不自限雖有多寡何預哉不自喪雖有得喪何病哉或曰然則多弗若寡得弗若喪歟左虛子曰非也外能多寡孑孑不以多寡庸何限物能得喪孑孑不以得喪庸何傷子不覩南郭之乘北山之雲乎夫乘一鍾而趨再鍾而叟三鍾而越南郭之操懷多志轂日中而努汗發蹠穿輒困于羊腸之下破轘折轅喪貨取嗤一鍾者逍遥乎三復矣故多寡不與也曰何謂北山之雲曰出乎高山遊乎四海亭乎王居覆冒鼎邑時卷時舒不見其勞時有時無不見其消故得

喪不病也象山應子少持鄉望謂科第可指取既而連出無知者邦貢于　廷見之南宮意度慷慨遊南雍再試不售註選天官其友勉之曰戊子之秋賢主人收子矣姑俟應子曰仕何終極進何期必志轂先衰貧多易蹶予先人有志經濟位終別駕臚仕何加取意之適左虛子聞之曰應子不期多賢於乘遠矣不患喪加夫人一等矣人恒器應子忘器特爲辨以著其往

進不足

東郭子朝拜大邑之令里子賀之曰榮矣墨綬銅符東郭子曰尚畏守他日階守又賀之曰榮矣朱衣象簡曰尚畏監州里子粃然曰徒畏人孰人畏之若曰

吾友某守以如千年得爲大監使以如千年得聯八座今方惴惴里子曰何以曰内顧愛妾下憂乳子官非久祿不厚位非重寵不至前思褒異後計蔭錫印綬纍纍厥來無替忍小以圖大長久富貴之道也大官多口若捧盈玉然人咸殆之逼之斯趹撞之斯溢一不愼則詛起詛起則位不固位不固而求歸逼已者側足焉望已者群笑焉有司篾視焉小吏發狂而詈矣囬視疇昔奚在哉易曰汔至亦未繘井羸其瓶凶若是之謂也故位愈高則畏愈多子不足以語此

左虚子聞之曰噫是進不足也夫士學于家用明厥性性明故知天下之榮無大焉榮無大故有天下之所有以令物而出得以治天下之事進不進遇焉而已矣進故無大退故無小已何預哉疾之殆之逼之嗤之已何預哉聞役外不聞役於外聞藐外不聞藐乎外夫外也者外性之謂也芬華侈大之欲所以移夫人者也子覩其内彼覩其外賢不肖固已遠矣矧徒徇畏爲得計哉今士初移於令又移於守進漸高則移漸多何時而足哉夫進不足生於移移生於養不厚養不厚生于已不克已不克生於明不精明不精生於微不愼是故君子愼獨持明克已夙夜不懈

晤言

左虚子出晤君子退未嘗不仰吭歎息門人曰子見莫子乎何慕之深畏之切也左虚子曰夫士其色靡靡其局則啓其形歆歆其志不滿始見之歆如也是

虛無地巳見之南雍僂如也是虛無巳巳見之南司神候氣氣是虛無德也予是以畏門人曰虛足畏乎予曰天以虛而應地以虛而運日月以虛成明四時以虛成功君子欲大厥德舍虛奚基予不覩廬山之峯乎秋水奄至瀰瀰然不見厥際巳焉霜降淵淵然不見厥底肆江河下積逾于載厥包無窮百川歸深焉無他虛而巳矣若夫道上之潦汪汙旦暮斯可矣不足以運舟堂坳之量斟酌盎卣斯可矣不足以産蛙無他窒而巳矣莫子持厥虛北交天下之士豈無得哉以爲道不止至返益皇皇卒業成均日閲甘泉予至教心學非無得也以爲進不止是求益皇皇逾三年蓄日富將歸吳與執予手踟躕國門外若有所想而未庸克致是其虛之又虛予是以畏其來也門人曰子云作聖以虛聖然後徵虛乎曰聖益虛匪虛匪天因晤言爲都門贈

棟言

客有過東府者屬廢廨焉山聳而隍隤委墄嘖者簿橑榱幹聳者昔日之棟若柱也客不勝其陋鄙之曰鳳居耽耽間金錯鉛昔日之觀今日取憐宇盡題折狐狸出入勢不能獨立奚炫乎梁間之藻飾左虛子聞之曰噫客過矣形張而中腐者惡棟柱也勢去而獨存者良棟柱也嚮使櫨立橑立而棟先腐焉雖欲洗棟之罪不可得也人謀之不競天害之不宥雨媒而風蘖以逮於是然而支弱者先去矣附會者先離

矣顧獨乹乹然而殫厥力雨不知避醜不知蓋不賢歟今玆簿橑交加榌幹糞圯隤爲壟者日匿狐鼠彼挺而存隆而起者非棟與柱歟以爲誰之罪也客曰棟可起乎曰不獨棟患人謀之不勤苟不集爾之才賦爾之工棟雖乹乹無益也夫欲直爾之橈新爾之腐合爾之裂壯爾之瘝棟柱猶存豈不賢於無資哉今費十倍之資以待一倍之力而人猶篾視功之難期業之難復可勝慨哉客曰僕聞命矣爲高必因丘陵爲下必因川澤爲居不因湅梁柱石非智也且事敝有因不究厥始顧歸詒于棟可與言勢哉左虛子曰然子進于言

坳之萍

東門之坳春雨涉旬浮青産䱷青之名曰萍有衣無本不立于草傳獨宜於水且煖䱷有二名其一曰蛙蛙飲汚量日充萍得水色日逞二贅恒相得不自恠其見容也萍語蛙曰余汝蔭汝徹風日之患食息以時奚賴於長江大河蛙曰余汝戴天汝帡幪汝小子無以贊襄顧惟朝塤暮篪以樂汝也日久蛙蕃育萍厚爲寸益無忌憚侵淫乎平陸咄嗟乎行人蛙贊萍曰平平福厚厚族彼途而車踐陵而斤伐者徒鬱鬱也奚君子之恒敷芬自賛曰彼挈綱而漁荷餌而晨者足以截江竭澤逍遥哉是坳莫余毒也已是夏天乃不雨復涉旬汚潴盡除蹦爲躁壞坳不復坳蛙萍之屬亦族焦類爲塵而飛左虛子曰悲哉二贅之識

自便其私而不惜天道之常者也時潦時涸天有常焉贅附一時不足爲喜是識小故至於此夫苟生必苟作苟作必苟慾多慾以濟利近常不遑遑圖遠是故君子無求生於苟

告江子

左虛子朝出遇江子必嘆退而求之不得其故他日之於巷巷有廬九反而後達厥度不方不圓隅側其戶邪昏其庭問之廬之子曰先人以方士之言避凶嚮順不暇端戶遠于周行惟恐不委耳左虛子歎曰異夫人之廬猶委巳甚直果不足用也又之於村村女子病惑狂歌無憚男女老弱群嘯而拜嚌香而請問之途之人曰村有神降見者恐後耳左虛子歎曰

異夫村之俗棄禮巳甚又從而神之子反走江子告曰予知所以歎子矣彼不利於御直而子反之宜弗若委之見親也彼方棄禮而子反之宜弗若狂之見售也必欲趨時姑易而所爲於是江子曰與吾綏綏而偕凝孰與耿耿而獨存與吾反反而見售孰與縮縮而處乎予方老是子無多歎江子將歸左虛子執而言

問慕

或問於左虛子曰子亦有慕乎曰有曰高官顯第纍纍而至不漸而崇氣滿志得四國嚮從如子何曰非是之謂也有天成有偶成予慕天而巳矣曰孰謂天成曰不求庸得得爲天德不外庸作作爲天功不背

庸宣宣爲天言静無不一一無不極作事作物循是入出登之佐王擴之無方上贊三光玉成萬邦擴而不納守一以藏一出一藏是曰天能或曰天能云者良知良能也何庸作何庸慕曰良能天能也充之而後盡充之云盡故曰能事是謂天成慕予慕非爾之慕也曰孰謂偶成曰矯以衣冠飾以鉛丹歘歘煇煇寔生容顏位之神人神事之也位之弟子人弟子事之也位之佛人佛事之也位之天尊天尊事之也方士崇張凡民趨蹌叩之無實厥中不良是謂偶成是土木也曾是慕曰然則子亦有畏乎曰有淵淵降衷懼弗獲尊也肅肅朝命懼弗獲將也典刑君子懼弗獲事也國有憲章懼弗獲守也職言職動懼弗獲充也五者吾之畏也曰彼津炎炎升人于天沉人于淵虎口婉孌觸之焦然吏狃于權俗崇少年鉗張喙軒不恤愚賢一言不睦豕搏而蜂毒子能奉乎曰避之而巳矣

仕不仕之間

或曰仕者主往舍國門之内習聽宗工庶尹夙夜吏事遑恤厥家今子朝揖慕歸不忘山林非仕也退者主深不通名字帶書而耕隱犁而冋今子不遠朝市非退也左虚子曰是仕不仕之間也間者聖賢之所致審以相天下之可否也可則仕可也不可則仕不可也間者智士之所恒虚擬一身之動静也動不離静也静不離動也間者聖賢所以愛身明道不離天

於須臾也非得已也莫大君臣之義莫重君子之養父母訓之矣古聖授之矣蓄此何爲哉及是時而不敢必者豈予心哉賁誠以出不出非予志也然而天下有大限焉斂形而入不入非吾業也然而天下有大樞焉限不可踰樞不可違是須臾以天也吾居何居吾養何地吾學何事啓之而後闔授之而後取天下事固有能不能也反不黜聽處不絶蹤不敢必天下無知已也間者時之形也權之地也不識間安識仕迷間者迷臣也迷臣者迷君也未有迷臣而能事君者也未有迷間而能臣者也舜禹間也益稷皐陶間也伊呂周公間也不間而成唐虞不爲而況於後世乎故君子執權相時蹈間

農之子

農之子有良田不耕而慕錦衣玉食鮮居華屋謀改厥業卜不食家人弗與退而戚戚益不樂耕負其囊以逃之於邑見珎貨美器慕之不得從椎鑿而事焉舉其器弗若居數日弗勝勤也棄之之於都見方國貢珎奇工作詭異慕之不得從奇技而事焉舉其器益弗若居數日弗勝憊也又棄之之於國門之外見狗馬遊戲子女群蹝之曰是無與吾力足以適吾目從之遂不去晨先其風暮望其塵奔走四出恒求與狗馬俱食弗親席卧弗親寢日久不返囊弗凛也餓于道左家人懼其惑也求所在而告之曰田蕪矣妻子餒矣子何不改曰予日追予欲恒不逮遑恤田乎

予万事是身不遑寧遑及妻子乎家人知其不悟也號泣而道曰子父業田而良子棄之而餓夫田生穀穀生財財生百度百度生器用文章以供于國爲天子脩元祀洽百禮備百官使令內則文事外則武備然凡民有幅限不可踰也田爲本百工爲末自古力田者謂之力本子舍本奚求其他卒餓而死是之謂死而不悔於戲微惟農惟士亦然

林屋集卷之二十

圖書在版編目（CIP）數據

林屋集／［明］蔡羽撰.—北京：國家圖書館出版社，2014.8

（中華再造善本）

ISBN 978-7-5013-5022-3

Ⅰ. ①林… Ⅱ. ①蔡… Ⅲ. ①古典詩歌—詩集—中國—明代②古典散文—散文集—中國 Ⅳ. ①I214.82

中國版本圖書館CIP數據核字（2013）第034160號

書名 林屋集（一函十冊）

著者 ［明］蔡羽 撰

出版 國家圖書館出版社（原北京圖書館出版社）

100034 北京市西城區文津街七號

發行 Tel:（010）66114536 Fax:（010）66121706

E-mail:Btsfxb@nlc.gov.cn（郵購）

印刷 金壇市古籍印刷廠有限公司

開本 八

印張 七五·五

版次 二〇一四年八月第一版第一次印刷

印數 一－二〇〇

書號 ISBN 978-7-5013-5022-3

定價 三〇二〇圓